MW01610313

El pirata Garrapata en Pekín y el mandarín Chamuskín

Juan Muñoz Martín

Primera edición: julio 2002
Tercera edición: diciembre 2003

Colección dirigida por Marinella Terzi

© del texto: Juan Muñoz Martín
© de las ilustraciones: Antonio Tello, 2002
© Ediciones SM, 2002
   Impresores, 15
   Urbanización Prado del Espino
   28660 Boadilla del Monte (Madrid)

ISBN: 84-348-8829-7
Depósito legal: M-49415-2003
Preimpresión: Grafilia, SL
Impreso en España / *Printed in Spain*
Imprenta SM - Joaquín Turina, 39 - 28044 Madrid

*Este libro lo dedica el autor
a los innumerables lectores
de Garrapata, que recorren infatigables
el mundo, detrás de sus huellas.*

La historia y...

En tiempos de la dinastía Shang O Yin (1766-1122 antes de Jesucristo) el pueblo chino conocía el lenguaje escrito y levantaba grandiosos templos y mercados.

En 1122 a.C. apareció la dinastía Chou. En sus tiempos enseñaron sus doctrinas Confucio y Mencio.

En 246 a.C. surgió otra dinastía, que duró muy pocos años: la dinastía Ch'in O Tsin. El más famoso fue nuestro amigo Shi Hoang Ti (246 a.C.). Este señor acabó con el Confucionismo, con sus libros y sus estatuas y, para que os acordéis, levantó la muralla de China.

La leyenda

Pues bien, en tiempos de este pájaro mañanero, cuyas andanzas ahora conoceréis, hubo un ministro, un tal Chamuskín (el rey de la cerilla que todo lo chamuscaba).

Y en medio de este avispero llegaron unos hombres endoterrestres, que atizaron las brasas de este volcán y se armó la de San Quintín, como ahora veréis.

¿Cómo se llamaban? Rebuscando entre los millones de libros de la Biblioteca Nacional de Pekín, encontré, al fin, sus nombres y sus descomunales aventuras.

Pasad la hoja y lo sabréis.

1 La cárcel de Fuchín

La cárcel de Fuchín levantada hacía siglos por la dinastía Yin, se erguía terrorífica en la ciudad de Pekín.

Matadero de animales en sus orígenes, almacén de pescado, luego fábrica de ladrillos, herrería, hospital, museo de lápidas funerarias, era 15 siglos después, en tiempos de Shi Hoang Ti, matadero de los hombres opuestos a sus ideas.

Entrar por aquella puerta era echarse a temblar.

Después de oír gemir sus goznes horripilantes, se percibían los ayes y los quejidos de los prisioneros y el crujir de las máquinas de tortura.

¿Y el olor?

Olía a moho, a rata, a azufre, a latigazo, a

ajo picante. Un olor que hacía llorar los ojos y el corazón.

¿Y la vista?

Una oscuridad absoluta recibía al visitante y le hacía encoger el ánimo. Al rato, la oscuridad se hacía menos densa, gracias a las antorchas que, de trecho en trecho, iluminaban aquella negrura.

Era entonces peor, porque emergían de la noche terribles escenas. Infelices descoyuntados en los potros, parrillas llenas de fuego, latigazos, hachas, tijeras, tenazas, martillos y tenacillas.

En esa cárcel, en ese horror, cayeron en el libro anterior, *El pirata Garrapata en China*, nuestros pobres personajes: Garrapata y Carafoca. Lo primero que hicieron los carceleros, al oírlos bajar, fue frotarse las manos y lanzarse como chacales sobre ellos.

—¿Tenéis algo que declalal? –preguntaron los guardianes.

—Nada.

Entonces los guardianes registraron a Garrapata y encontraron un pequeño serrucho, unas tenazas, una caja de cerillas, dos frascos de veneno, una brújula, dos sacacorchos y una armónica.

—Conque nada, ¿eh?

El jefe de la prisión colgó a Carafoca por los pies y de sus bolsillos cayeron una lima y unos saquetes de pólvora.

—Nos está tomando el pelo. Que se quite la camisa.

Carafoca se quitó la camisa y apareció una soga de unos veinticinco metros que llevaba enrollada alrededor de la caja torácica.

—Que se quede en bañadol –ordenó el bonzo–. Este hombre palece el lastlo.

Carafoca fue al biombo chino y salió silbando, en traje de Tarzán de los monos.

—¿Algo que declalal?

—Nada.

Los soldados miraron detrás del biombo y encontraron otra lima, un juego de ganzúas, unas cartas y cincuenta mil rupias en billetes de banco.

2 Martirio chino

—¿P<small>ARA</small> quién son esas rupias? –preguntó el jefe de la cárcel.

—Para el que se porte mejor con nosotros. Para el más amable, para el más simpático.

—¿Conque quiere sobornarnos? Pues has de saber que los chinos somos insobornables.

El jefe se guardó los billetes y luego preguntó escamado:

—¿Y este juego de ganzúas?

— Es para jugar a los chinos.

—¿Y este juego de cartas?

—Para jugar al tute.

—¿Y la cuerda?

—Para jugar a la comba.

—Pues vais a jugar a los bolos –exclamó el jefe, poniendo unos grilletes en los pies de Carafoca.

—¿Cuánto viviré? –le preguntó Carafoca, mientras le ponían los grillos.

—Puedes vivir mucho tiempo, si resistes los tormentos –rieron los carceleros.

—¡Qué pena, con lo bonito que es vivir!

—Ya pensarás de otra manera, cuando empiece el martirio chino. Entonces querrás morir.

Carafoca se levantó y se puso a pasear nerviosamente arrastrando las dos pesadas bolas.

—¡Estese quieto! –gritó el jefe, que estaba interrogando a Garrapata.

Carafoca se quedó quieto delante de un cartel escrito en chino. El pirata sacó el diccionario y fue traduciendo.

CÁRCEL NACIONAL DE FUCHÍN

DERECHOS DEL REO

1.º Derecho a abogado gratis.

2.º Derecho a ser atormentado y pegado.

3.º Derecho a quejarse y gritar en el tormento.

4.º Derecho a ducha fría y caliente.

5.º Derecho a veterinario.

6.º Derecho a vendas y aparatos ortopédicos.

7.º Derecho a elegir menú.

8.º Derecho a dos horas de juegos recreativos: dominó, parchís y gallinita ciega, después del tormento.

9.º Derecho a cambio de sábanas cada seis meses.

10.º Derecho a enterramiento.

Carafoca llamó alegremente a Garrapata, que, en calzón de baño, estaba sufriendo un interrogatorio.

—No contestes, tienes derecho a abogado. Di que llamen a un funcionario que te defienda. Artículo primero.

Los funcionarios se mordieron los labios y tuvieron que llamar a un timbre. A los diez minutos, llegó un hombrecillo con una vara y unos libros muy gordos. Venía medio dormido.

—¿Quién me ha llamado?

—Yo – repuso Garrapata.

El chino sacó su vara y dio unos varetazos en las piernas de Garrapata. Se veía que estaba muy enojado.

—¿Para qué me has despeltado de mi sueño? –gritó furioso.

—¡Ay, señor abogado, nos van a atormentar!

—¿Pol qué?

—Por quemar el palacio del emperador.

3 El menú

El abogado consultó sus libros, multiplicó el número de páginas por la raíz cuadrada de 695, le sumó siete y dijo:

—Salen cien azotes, la gota y las rosquillas.

—No me gustan las rosquillas.

—Te darán roscones.

El chino hizo una reverencia y desapareció. Carafoca hizo otra y exclamó:

—¡Qué educados son estos chinos!

No le dio tiempo a hablar más, porque otro chino vestido de camarero le alargó un papel amarillento que decía:

MENÚ

—¡Qué estupendo! ¿Vamos a comer ya?

—Sí, señores; lávense las manos y pónganse las servilletas.

Carafoca y Garrapata se lavaron las manos, en un asqueroso lavabo.

—¿Los pies también?

—También –rió el chino.

Carafoca se puso las gafas y leyó:

MENÚ

Azotes a la mayonesa.
Azotes en salsa verde.
Azotaina con cangrejos.
Azotes a la crema de queso.

2.º PLATO

Gotas al champán frío.
Gotas al volcán Honolulú.
Gotas a la laponesa.
Gotitas al anís del mono.
Gotas al chorro.
Gotas a la Bella Durmiente.

3.er PLATO

Rosquillas al pincel.
Rosquillas al pavo real.
Rosquillas a la cucaracha.
Rosquillas a la caja de arañas.

PAN, VINO Y POSTRE incluidos

4   Azotes a la cangrejera

EL maître, un chino gordo seboso, salió por una puerta, y con diez o doce reverencias, los llevó a un comedor lleno de variadas viandas. La sala era inmensa y más de un centenar de mesas se repartían por los rincones.

—Aquí pueden escoger, los platos están servidos y los comensales comen a dos carrillos.

—Por qué gritan?

—Querrán más –rió malignamente el maître.

En un rincón se servían los azotes. Varios verdugos con vergajos ponían las espaldas de algunos desgraciados rojas como cangrejos.

—¿Qué plato es este?

—Azotes a la cangrejera. Mirad qué espalda, más roja que un pimiento morrón.

—¿Y ese plato?

—Azotes en salsa verde. Aquí se azota con una vara de rosal y se echa una salsita de perejil, sal y vinagre. Luego se sirve con pepinillos.

Los gritos eran horribles. Todos gritaban.

—¡Peldón, selemos buenos! ¡No lobalemos, obedecelemos al empeladol!

En otra sección se servían bebidas.

—¿Queréis beber algo?

—No, gracias, no puedo tomar alcohol.

Multitud de hombres bebían atados a unas camas. Las gotas caían del techo por unos embudos sobre las cabezas de los durmientes.

—¡Qué tontería!

—¿Tontería? Una gota cayendo y cayendo agujerea una piedra.

Los durmientes tenían la cabeza pelada en una circunferencia de una perra gorda.

—¿Cuánto lleva cayéndoles la gota?

—Seis años. Cuando pasen diez, veremos.

—Terminarán agotados –rió Carafoca.

5 Rosquillas a la cucaracha

EL chino miró a Carafoca con una sonrisa de culebra y Carafoca perdió el color.

—Pasemos a las rosquillas, ¿puedo comerme una?

En una enorme habitación se repartían rosquillas. Lo que más asombraba era la enorme alegría que reinaba en la sala. Risas, carcajadas, chistes, acertijos.

—Huele a pies que apesta –dijo Garrapata.

Los comensales estaban tumbados y unos cepos les aprisionaban los pies. Los verdugos, con plumeros de pluma de avestruz, les hacían cosquillas en las plantas. Algunos torturadores ponían media cáscara de nuez vacía con un grillo o un escarabajo dentro y lo aplicaban a los penados, que se revolcaban de risa.

Había dos prisioneros inmóviles, muertos

de risa. Otros tenían los pies metidos en cajas llenas de arañas y orugas peludas y se desternillaban de risa también.

—Ja, ja, ja, ja! Ya confieso. Yo fui el ladrón.

Otro decía.

—¡Ja, ja, ja, ja,! ¡Qué risa! Yo insulté al emperador y le llame cabeza de cocodrilo. Perdón, sacadme de aquí. ¡Ja, ja, ja, ja!

Los dos piratas estaban aterrados. Aquel era el menú del día, el martirio más económico. ¿Cómo serían los demás?

—Ya estamos hartos de comida –dijo Garrapata–. ¿Podemos ir a dormir?

—No. Antes tienen que cenar –rió el jefe de la prisión.

—No tenemos apetito. Además, el menú del día no nos va.

—Tomarán el menú turístico a 4 euros, con dos platos, postre, vino y servilleta incluidos.

Los verdugos cogieron a los dos piratas y los llevaron más adentro.

—Parece un museo –exclamó Carafoca–. ¡El museo de Tutankamón, con sus máscaras de oro!

6 Patatas asadas

—Estas son estatuas de hierro.

—¡Y están huecas! ¡Qué risa!

¿Risa?

Dos esbirros cogieron a Carafoca, lo metieron en una enorme figura de hierro y echaron la llave. Carafoca se puso a leer un tebeo de Fumanchú.

—¿Y esto es todo el martirio? –rió Carafoca, sacando la mano y cogiendo de la nariz al verdugo.

El verdugo encendió una cerilla, prendió las astillas que había bajo la gran armadura de hierro y se armó un fuego terrible. A los diez minutos, Carafoca bailaba. A la media hora, brincaba; a la hora, volaba; a la hora y media, parecía una sobrasada mallorquina.

—¡Socorro!

El verdugo lo sacó y lo metió en agua para

descongestionarlo. El agua echaba humo. Garrapata le regañó y dijo:

—¡Eres tonto!, por poco te asan como a una castaña.

—Lo siento. Ya no vuelvo a abrir la boca. Pero tengo una sed terrible. ¡Oh, chinito, si hubiera algo de agua, por favor!

—¿Quiere beber? –preguntó el chinito.

—Sí.

—Pues ahora beberá.

La comitiva pasaba por delante de unos prisioneros que bebían agua.

—¿Qué hacen?

—Tienen sed y beben gaseosa o cerveza.

Los prisioneros tenían puestos unos embudos en la boca, como los que se utilizan para llenar toneles y unos verdugos les echaban tinajas de agua, de vino, de anís, de naranjada.

Carafoca se puso blanco.

—Bueno, ya no quiero beber. Mejor me comería un buen trozo de carne salada con bacalao.

7 La cámara de los horrores

A la puerta de una nueva sala, unos letreros ponían:

CÁMARA DE LOS HORRORES

La cámara estaba oscura y solo unos puntos de luz rojos dejaban ver vagas sombras.

—¿Qué es esto, la verbena?

—Sí, la verbena de San Antonio –rió el bonzo.

Unas escaleras estrechas, tras una puerta de hierro, descendían hacia la sala de los horrores.

—Aquí quedaréis, amigos. Hasta ahora solo habéis visto juegos de niños, ahora veréis.

A Carafoca se le puso carne de gallina y a Garrapata de salmón ahumado.

El bonzo Chuki Chunku Chang y un secretario gordinflón y tartamudo llegaron riendo a aquel tétrico recinto. Olía a cucaracha y caracol que apestaba, a chinche y a ciempiés.

—¡Huele a queso de bola!

—¡Son los ciempiés! –rió un chinito–; como no llevan calcetines, huelen que apestan.

—¿Y qué va a ocurrir con nosotros ahora? –preguntó Carafoca.

—Que vais a cantar la gallina. Aquí están los peores criminales de China, que son los sabios, los literatos, los científicos y vosotros dos. Escuchad los lamentos de esta gentecilla.

—¡Al Ka Chulikín Chun King![1]

—¡Chuchuncaluka Chan![2]

—¡Kaluko Machinfunchún![3]

---

[1] ¡Mecachis tu tía, bonzo de las narices!

[2] ¡Ojalá te caigas a este puchero de ratas!

[3] ¡Que te arranquen los dientes y se te caiga la coleta!

—¡Ayyyyyy Kama Fuchín![4]

—¡Confucio, según decían, soy yo! –dijo Garrapata–. Y, por el espíritu de Confucio, toma este golpe en el occipucio.

---

[4] ¡Confucio te empuje y te quedes en camiseta!

8 Paso al bonzo

Y Garrapata le dio un empujón, mientras Carafoca se ponía, a cuatro patas, detrás. El bonzo tropezó, salió dando tumbos escaleras abajo y cayó al lado de una tinaja llena de tarántulas tropicales.

—¡Ayyy!, casi me caigo dentro. Me he salvado por un pelo.

Pero Garrapata actuó rápido. Quitó al bonzo sus largos vestidos adornados de oro, su báculo, sus zapatillas y su libro sagrado, y le puso su ropa. Luego se vistió de bonzo y tiró a este a la tinaja de las tarántulas.

Lo demás fue rápido. Carafoca había desnudado al ayudante de Chuki Chunku Chang, un escribiente que se llamaba Chulunkín, y le quitó sus vestiduras de terciopelo con estampados de plumas y tinteros.

—Échalo ahí con las pirañas.

Carafoca hizo una reverencia, levantó en vilo al bonzo y lo dejó caer dentro.

—Rescatad a los buenos hermanos de ciencia, a los sabios barbudos, a los escritores encerrados por ese maldito bonzo y por el mandarín Chamuskín, a los bravos tripulantes del *Salmonete*, que, aunque no saben leer, han escrito páginas maravillosas de valor por los siete mares y por las tierras de China.

¡Qué alaridos, qué gritos!

En un momento, una multitud de cuatrocientos escritores de libros y códices se libraron de sus cárceles horribles. En realidad eran grandes cubas llenas de insectos venenosos, que estaban separados de los pies de los condenados tan solo por una rejilla.

—¡Vamos! –gritaron Tocinete y Lechuguino, escapando por la tapadera de una cuba llena de caracoles.

Con canciones y gritos de rabia y venganza, subieron los amotinados al piso de arriba; delante, Garrapata, vestido de bonzo Chuki Chunku Chang, y Carafoca, de secretario, subían solemnemente.

—¡Paso al bonzo! –decía Carafoca.

—¡Paso a Chuki Chunku Chang! –repetía Garrapata.

—¡Paso al ayudante Chulunkín! –gritaba Carafoca.

9 La fuga

GARRAPATA, con su careta dorada de bonzo, pasó ante los verdugos y dio órdenes tajantes al jefe de la prisión.

—¡Soltad a esos hombres!

—Pero si son criminales. Han escrito contra vos, oh bonzo, han dicho que el emperador tiene cara de burro.

—¡Soltadlos y devolvedles sus libros y plumas, sus diccionarios y sus cuadernos!

La prisión era un clamor de alegría. Los carceleros, como locos, buscaban las llaves de los cepos y candados y los herreros cortaban las cadenas con mazos picudos. Al llegar a Lechuza Flaca el gafe, que estaba encerrado en una jaula colgada del techo, un carcelero preguntó:

—¿Y este que llamó al emperador «perro jorobado»?

—A este traedle una carroza con seis caballos y un pincho de tortilla.

—¿Dejamos a alguno dentro?

—Sí, a esos diez o doce que están en las tinajas. No les dejéis hablar.

—Están protestando –gritó un carcelero–. Uno dice que él es el bonzo Chuki Chunku Chang y que le acabáis de echar en una tinaja de escorpiones.

—A ese, ¡duro! Es Garrapata, el famoso espía egipcio. Echadle un capacho de cucarachas y tapadle la boca con esparadrapo –ordenó Garrapata.

—¡Y ese es Carafoca! –exclamó Carafoca, riéndose tras su careta de oro y señalando al ayudante de Chuki, que chapoteaba en la pecera.

—Échale una caja de arañas peludas y una bolsa de avispas furiosas y no le hagas caso –ordenó Garrapata.

—¿Y si él es el verdadero bonzo? –preguntó el carcelero rascándose nerviosamente la oreja.

—Pues entonces mejor será que le eches escorpiones, porque, si sale, te va a arder el pelo –rió Garrapata.

—Le echalé escolpiones pol si acaso, señol.

—¡Paso a Chuki Chunku Chang! –repetía Garrapata.

—¡Paso al ayudante Chulunkín! –gritaba Carafoca.

Rodeados por los cuatrocientos escritores, Garrapata y Carafoca salieron a la calle. Las carrozas del bonzo esperaban en la plaza. Una comitiva triunfal se dirigió hacia el palacio del emperador.

Estaba el emperador en el jardín cogiendo nenúfares en los estanques de palacio. Junto a él, se hallaba la princesa Ling, hermosísima doncella recién llegada de los cielos nebulosos por la gran cascada de palacio.

10 La princesa Ling

TENÍA el rey ochenta años y un día y su gastado corazón golpeaba en sus sienes como el yunque de un herrero. Aquella muchacha tan graciosa, con aquel habla exótica y aquellos trajes nunca vistos, había cautivado su corazón. Por ello, sus pensamientos estaban muy lejos de las cosas que ocurrían en la calle y no hacía más que ofrecer amapolas y flores de loto a la bella extranjera, de la que nadie sabía de dónde había venido.

En esto, la gran cabalgata de Garrapata apareció en la puerta del jardín.

—¡Señol! –anunciaron los chambelanes–, el gran bonzo desea audiencia.

Entre chirimías y ricos quitamoscas de plumas, avanzó el gran bonzo Chuki Chunku Chang, que se postró diecinueve veces ante el gran emperador del Oriente.

—¿Qué veo, Chuki Chunku Chang, vienes rodeado de esos escritores que tanto odiáis? No entiendo ni pum. ¿Acabáis de sacarlos de la cárcel?

Debajo de su traje de bonzo, Garrapata temblaba.

¿Qué iba a decirle al emperador?

El emperador le miraba con la mosca tras la oreja.

—¿Qué tienes, Chuki Chunku Chang?

«Tengo un tomate en el calcetín», iba a decir Garrapata, pero no le hizo falta.

Fue el poeta Chinbu Kuanfín quien habló:

—¡Oh, señor, oíd mis versos!

—¡Qué lata, ya están otra vez cantando a las florecitas, a los pájaros! –masculló el emperador.

El poeta leyó:

—«Oh, Shi Hoang Ti, quiero cantar vuestras hazañas.»

El emperador murmuró:

—Pero si yo no he matado una mosca...

Otro poeta se acercó y gritó:

—«Yo quiero cantar tus templos, estatuas y obeliscos».

—¡Huy! ¡Qué trolero! Si yo no he levantado ni siquiera un pie.

—Yo quiero cantar tu maravilloso arte para pintar, en el lienzo, el ocaso del sol.

11 Problemas de amor

—Pero si yo no sé ni pintar una silla. ¡Qué coba me están dando estos poetas!

En ese momento y cuando el emperador se acercaba al bonzo para observar aquella rara pata de palo y aquel gancho que le salía por la manga y le decía: «Oye, amigo bonzo, ¿qué gancho es...?», no pudo decir «ese» porque un «¡uh!» de asombro recorrió las filas del público.

Una hermosísima joven, vestida de egipcia, había aparecido detrás del trono. El emperador perdió la cabeza y comenzó a girar los ojos como una peonza.

—¿Me amáis? –preguntó el emperador ofreciéndole un ramo gigantesco de flores–. ¿Me amáis, oh divina reencarnación de la Luna?

Pero la egipcia no tenía ojos más que para

el bonzo, su pata y su acerada mano ganchuda. Ocultó su rostro detrás del ramo de flores y susurró en el oído del bonzo:

—¿Eres tú?

—Sí, soy yo. ¿Y tú eres tú?

—¿Si soy yo? ¿No me conoces?

La joven cayó desmayada al suelo y el emperador comenzó a gritar nerviosamente:

—¡Curadla, amigo bonzo, vos tenéis poderes mágicos, demostradlo! Os daré la mitad del reino.

—¡Lo prefiero entero! –exclamó Garrapata.

El emperador le dio la mano y Garrapata le dio el gancho.

—Trato hecho. Curad a la princesa y os haré primer ministro de la corte.

Garrapata cogió en brazos a la joven y creyó que se desmayaba también. La cabeza le daba vueltas y la tensión le subió a trescientos pulsaciones por segundo.

12 Un beso maravilloso

—¿QUÉ le pasa? –preguntó el emperador.

—Tengo azúcar en la sangre y miel en el corazón.

—Pues parece usted una tienda de ultramarinos.

Garrapata sonrió y dijo:

—Dejadme solo y marchaos. Que quede solo Carafoca, digo, mi secretario.

Cuando la gente se retiró, Garrapata dejó en el suelo a la hermosa joven y la intentó reanimar con un poco de agua de la piscina.

—¡Despierta, amada mía!

Nada, la joven no se despertaba. Garrapata le echó un cubo de agua y como si nada.

—¡Abrid vuestros verdes ojos! ¿La echo al agua? –preguntó Garrapata.

—Se ahogaría –respondió Carafoca.

—¿Qué hago entonces –preguntó angustiado Garrapata.

—Haz lo que se hace en los cuentos de hadas.

—¿Qué se hace?

En La Bella Durmiente del Bosque, el príncipe da un beso a la princesa.

Garrapata acercó tembloroso sus labios a los dulcísimos labios de Floripondia, pero, en ese momento, se oyó gran ruido en las escaleras del palacio y una turba de soldados, de sacerdotes, de grandes personajes de la corte irrumpió en la sala.

—¡Traición! ¡Traición!

Garrapata, sin embargo, no oía.

—¡Huyamos! –gritó Carafoca abriendo la ventana para huir.

—¿Por qué?

—¿No oyes? Alguien ha traicionado a alguien.

—¿Y quién es ese traidor?

—Tú –gritó una voz.

La puerta de cristales se abrió y apareció el emperador seguido del gran bonzo Chum que te doy Betún y del mandarín Chamuskín. Detrás se veía la cabezota del bonzo

Chuki Chunku Chang y, más atrás, la cara roja de Fuchín el Carnicero.

—¡Yo no soy traidor!

—Tú eres la reencarnación de Confucio y te has burlado del emperador –gritó Chamuskín.

—El que se burla eres tú. Tú quemaste el gran palacio para que pereciera la futura reina Floripondia, reencarnación de la Luna.

—¡Mentira! ¿Quién lo dice?

—La propia Floripondia –exclamó Garrapata.

—¡Que hable! –ordenó el emperador.

—Está mareada, señor –hizo ver el pirata.

—¡Reanimadla!

13 El código samuray

GARRAPATA dio un pequeño golpe con la mano en la cara de su amada para reanimarla, pero esta siguió inmóvil, con la cara blanca y helada. Garrapata la golpeó más fuerte.

—¿Qué hacéis? –gritó el emperador–. ¡Prendedle! Ha pegado a la futura emperatriz.

Chamuskín encendió una cerilla y corrió a prender los vestidos de Garrapata.

—He dicho que lo prendáis, que lo cojáis. No quiero más cerillas.

A Garrapata se le acercaron diez o doce guerreros, pero el pirata mostró el gancho y todos saltaron atrás.

—¡Buen viaje! –exclamó el emperador–. ¿Dónde habéis aprendido esas artes, señor Confucio?

—Yo no soy Confucio, ¡yo soy Garrapata!

Soy un guerrero del siglo XIX, un pirata valeroso. Estoy a vuestros pies. Sois ahora mi señor.

Chamuskín se acercó al oído del emperador y vertió unas palabras venenosas. El emperador sonrió.

—Sois mi vasallo. Lo acepto. No sois Confucio. De acuerdo. Sois un guerrero, un samuray al servicio de su daimio[5], ¿no?

—Sí, emperador.

—¿Y sabéis el código de los samuráis?

A Carafoca, que acababa de quitar la cartera a uno de los guerreros, y se había encontrado con que era un libro azul con figuras de guerreros, espadas y otras armas, se le ocurrió una idea.

—Señol, yo soy su escudero y llevo en las alforjas su libro de caballero. Mi señol se lo sabe de memolia. El que no lo sabe es Chamuskín, que ha oldenado quemal los liblos polque no sabe leer.

El mandarín Chamuskín cogió con altanería el libro y comenzó a leer en voz alta las reglas del buen samuray, pues aquel libro

---

[5] Palabra japonesa que significa señor feudal.

era el famoso *Código del buen samuray* de Chuliko Chakaluka.

—El buen bushi[6] ha de ser leal a su señor, con exclusión, si fuera menester, de parientes, amigos y de cualquier otra persona –sonrió malignamente y añadió–: Este samuray os ha traicionado, os ha sido desleal, pues ha acercado sus labios irreverentes al rostro de la que será emperatriz de todas la Chinas.

---

[6] Palabra japonesa que significa militar.

14 Lucha de gallos

—PERO si es Floripondia –gritó Carafoca–. ¡Qué va a ser emperatriz! ¡Es la prometida de Garrapata!

—Callaos, humilde escudero, si es que lo sois; ¿lleváis escudo?

Carafoca miró por todas partes, vio una bandeja de plata en una mesa, la cogió y la hizo mover en el aire.

—Sí, lo llevo de plata, regalo de mi amo.

—Pues calla, que, si no, os rebano la cabeza con mi espada.

El general abrió de nuevo el libro y prosiguió:

—Segundo: «El samuray despreciará la muerte, que en cualquier momento habrá de esperar ya en la lucha», ¿quieres luchar, cobarde?

Garrapata dio un salto y lanzó un zarpazo, como un gato enfurecido.

—¡Quietos! –gritó el emperador–. La lucha de la que habla el código samuray es lucha contra los enemigos en campo de batalla. ¿Desde cuándo dos caballeros del emperador entablan batalla delante de él, como dos rufianes?

Chamuskín bajó su espada y Garrapata guardó su gancho humildemente. Ambos quedaron de rodillas ante el emperador. Este cruzó solemnemente los brazos y dijo con voz lúgubre:

—Prosigue, Chamuskín, mi gran mandarín.

Chamuskín se levantó y abrió el libro azul de los samuráis.

—Tercero: «El buen samuray, si se encuentra en una situación imposible y es causa él mismo de esa dificultad, se dará muerte haciéndose el haraquiri». ¿Qué dices a eso?

Carafoca irrumpió con su bandeja en medio de los señores, de los guerreros, de los bonzos, de los grandes señores y dijo:

—Pues se lo hará. Él sabe guisar muy bien. Ayer se hizo una tortilla francesa y un besugo frito. Un haraquiri es un arenque, ¿no?, pues él es capaz de freír un pez espada.

—¡Estúpido, el haraquiri es matarse con una espada!

—¡Ay, mi abuela! Entonces, no. Vámonos, di que no.

—Yo no me mato. Yo no tengo ninguna dificultad. Yo no me mato. Protesto, protesto ante mi señor, una y mil veces –exclamó Garrapata.

El emperador sonrió y dijo a Chamuskín que siguiera. Este continuó leyendo el libro.

—Cuarto: «El haraquiri se hará también como protesta o exhortación de un samuray a un señor superior».

—Nada, que no me libro –exclamó Garrapata, hundiendo la cabeza entre sus ganchos.

15 Te acompaño en el sentimiento

CARAFOCA se acercó respetuosamente y abrazó a su señor Garrapata.

—Te acompaño en el sentimiento.

—Lo malo es que tendrás que acompañarle tú también, y no solo en el sentimiento –le indicó Chamuskín, el mandarín.

—¿Yo?

—Sí –dijo el emperador–. Chamuskín, sigue leyendo.

Chamuskín abrió de nuevo el libro y prosiguió, muerto de risa.

—Quinto: «El buen escudero se hará el haraquiri para seguir a su señor hasta la muerte».

—Así es que –interrumpió el emperador–, cuando se haga el haraquiri tu amo Garrapata, le acompañarás tú, Carafoca.

—Pero si yo no soy samuray.

—Pues yo, Shi Hoang Ti, te nombro sa-muray –exclamó el emperador emocionado, golpeando la cabeza de Carafoca con su es-pada y echándole por encima un puñado de tierra cogido de una maceta.

—Pero si yo no sé matarme.

—Ya aprenderás, valiente. ¡Vámonos!

La corte se levantó emocionada. La única que no se levantó fue Floripondia, que seguía mareada en una mecedora. El emperador dio una palmada y llamó a su médico imperial, de nombre Kuchum.

El médico se acercó, tomó el pulso a la doncella y movió la cabeza.

—¿Qué pasa?

—¡Oh, señol! Esta joven ha sufrido un mareo de padre y muy señor mío. Tal vez se deba a la ofensa de ese samuray que se atre-vió a levantar sus ojos a su belleza inmar-cesible.

—¿Y qué le ocurre?

—Que su corazón late así: toc, toc... toc, toc...

—Y ¿cómo tenía que hacer?

—Pues tac, tac, tac, tac, tac, unas setenta pulsaciones al minuto.

—Y ¿es grave?

—Tan grave que necesito una reunión de médicos.

—¿Y no podría ser de veterinarios?

—¿Qué decís, majestad?

—Bueno, lo decía para que saliera más barato.

El médico se negó en redondo.

—Aunque la joven es delicada, como un jilguero, e inocente, como una paloma, creo, señor, que mejor es un médico.

16 Reunión de médicos

Sonó un gong en lo alto de la torre y todos los médicos del palacio se reunieron en la sala. Eran más de cien y enseguida sus voces, sus discusiones, levantaron un gran alboroto. Nadie estaba de acuerdo:

—Es parálisis infantil. No se mueve.

Kuchum, el médico real, sacó un martillo.

—Habrá que golpearle en la pierna como hacen en las películas. Si se mueve, es que no es parálisis.

Kuchum dio un martillazo en la pierna de la joven para ver si respondía y la joven levantó la pierna y lanzó su sandalia al techo.

—Ha sido gol. ¡Qué disparo!

—Entonces no es parálisis.

—Ni hablar. Ahora mirad lo que hace. Mueve la pierna como si bailase el charlestón.

—Entonces es que tiene el baile de San Vito.

—O el baile de los pajaritos.

—O a lo mejor es el sarampión.

En esto Garrapata, que estaba custodiado estrechamente por seis guerreros, hizo una seña y un hombre extrañamente enfundado en un estrafalario quimono se acercó. Llevaba un maletín en la mano y un fonendoscopio colgaba de sus oídos.

—¡Doctor Cucharete! –susurró Garrapata.

—¿Cómo me habéis conocido, señor Garrapata?

—Por la calva y el maletín, amigo doctor.

—¡Oh, Garrapata! ¡Cuánto tiempo sin verte! Desde que...

—¡Silencio! No hay tiempo. Corre, cura a Floripondia ahora que están todos los médicos discutiendo distraídos, y llévatela a la Ciudad Prohibida.

—¿No vais vos?

—Cuando acabemos con lo del haraquiri.

—¿Os mataréis, señor?

—¡Qué remedio! Es la costumbre aquí.

—Y ¿cómo resucitaréis?

—Ya veremos.

El doctor se escurrió entre los curiosos y doctores, entre los palaciegos y los soldados y se acercó a la doncella, que se agitaba nerviosamente en su sillón, después del martillazo.

El doctor abrió su maletín y sacó un frasco de vinagre. Lo destapó y lo aplicó en la nariz de la infeliz doncella. Esta se removió y abrió las pestañas.

17 El vinagre

—¿DÓNDE estoy?

—Callaos. Soy el doctor Cucharete. Cerrad el pico y abrid bien los ojos.

—¿Qué pasa?

—Garrapata está aquí.

—¿Dónde?

—Apresado. Tiene que suicidarse.

—¿Eh?

La joven cayó pesadamente en el sillón y el doctor tuvo que sacar de nuevo el vinagre y aplicárselo a la nariz. La joven volvió a abrir sus pestañas.

—No temáis. La importante sois vos. Agachaos y seguidme a gatas, por detrás de las cortinas.

Floripondia se inclinó disimuladamente y se escurrió con habilidad, detrás del doctor

Cucharete que, a cuatro patas, inició la retirada hacia la puerta.

Al pasar por el segundo balcón, se añadió Lechuza Flaca; en el tercero, Tocinete, y, en el rincón, la Armadura, que hacía guardia, desde hacía unos días, en aquella habitación, desde que Chamuskín la había regalado, como cosa curiosa al emperador. Detrás de esta extraña cabalgata y cerrando filas, iba el gato del emperador.

A todo esto, la anciana madre del emperador, que estaba sentada junto a la ventana, echando de comer a las palomas, dio un grito:

—¡Mirad, Floripondia se ha escapado!

—¡Es verdad! Va por allí.

—Huye hacia la pagoda de Fuku Mumkum.

—¡Cogedla! –ordenó el emperador–. Va con unos extraños personajes.

La anciana madre levantó las manos.

—No lo hagáis. Ya han llegado. Es lugar sagrado.

En efecto, los cuatro fugitivos lograron subir las escaleras del templo y los bonzos de la pagoda de Fuku Mumkum, vestidos de morado, abrieron las puertas y los acogieron con los brazos abiertos.

—Han cogido a uno, parece un cangrejo –exclamó la abuela.

Era la Armadura. Iba la última, deteniendo el paso de los perseguidores, golpeándolos con el respaldo de madera de un banco que acababa de arrancar. Al fin, dos o tres guerreros reales se lanzaron a sus pies y lograron hacerla caer, escaleras abajo, con un ruido de cacharros y de cacerolas.

18 Hazaña de la Armadura

—¡TRAEDLA! –gritó el gran chambelán.

Diez, doce, quince guerreros se cebaron como hormigas, mordiendo el duro caparazón de la Armadura.

Pero la Armadura, al pasar junto a la fuente monumental donde se reflejaba la pagoda, se lanzó de cabeza al agua arrastrando a sus quince enemigos.

Se formaron unos círculos concéntricos y aquel enjambre de tábanos que acribillaban a aquel artefacto acerado no salía a la superficie. A los diez minutos, surgió la cabeza picuda del furioso arnés, luego el torso, los brazos, las piernas metálicas, ganó la orilla y subió de nuevo la escalinata.

—¡Asombroso, se ha deshecho de los guerreros!

El héroe mecánico entró en el templo y

las puertas se cerraron detrás de él con estrépito.

—¡Habrá que capturarlos! –rugió el emperador.

—No. Por la fuerza no. Tal vez por la astucia –susurró la madre del monarca.

La gran señora trazó el plan, a la oreja del emperador.

—Entraremos a rezar mañana, disfrazados de peregrinos. Es el Día de lo Cerezos Rosados, cuando sacan en procesión a la diosa de la Casa de Té.

—Prefería café.

—Pues te traeré manzanilla.

El emperador tomó una tila y se tranquilizó por completo. Su mirada se hizo más clara y sus ojos aterrizaron en la tierra.

—Vamos a cenar –dijo la anciana.

El emperador, los bonzos, los guerreros, los palaciegos y el mandarín Chamuskín se pusieron en pie y avanzaron solemnemente hacia la puerta del salón de los espejos, donde se hallaba el comedor de gala.

Los espejos multiplicaban las caras, los vestidos fastuosos, los sombreros de plumas,

las cruces, los collares. Miles de ojos, de co-
letas, de ceremonias.

El gran salón brillaba de luces, de platos,
de tenedores, de vasos; las copas de cristal de
roca, el mantel de hilo, las sillas, las fuentes
de oro y plata...

—¿Falta alguno? ¿Algún sillón vacío?

Efectivamente, había dos sillones vacíos,
silenciosos.

19 La cena

—FALTAN vuestros vasallos –rió el mandarín Chamuskín–. El vasallo Garrapata, ese de
la pata de palo, y vuestro subvasallo Carafoca, ese que parece un besugo con bigote.

—¿Y dónde están?

—Están con lo del haraquiri.

—¡Ah, sí! Mientras cenamos, que cumplan
con su deber caballeresco.

El emperador dio una palmada y los ser-
vidores aparecieron, por diez puertas a la vez,
llevando el primer plato: nidos de golondrina
con salsa de chirimoya. Los nidos venían asa-
dos en pequeños recipientes. Algunos aún tenían a la golondrina que, al abrir la tapa del
recipiente, salía volando por el salón.

—Están crudos –dijo el emperador.

—Sí, pero son recientes, ten cuidado con
el barro y las plumas –le aconsejó la madre.

El segundo plato fue lagartos en almíbar. Los camareros traían los lagartos en cestas llenas de hielo y con unas pinzas de oro ponían un lagarto en cada plato. Otro camarero echaba el almíbar con un cucharón de encina.

El lagarto del emperador abrió la boca y le mordió la nariz.

—Camarero, este lagarto está sin hacer, además no es un lagarto.

—Pues ¿qué es?

—Es una víbora, no tiene patas.

El camarero se llevó el plato y trajo el tercero.

—Panalillos en compota.

—Y ¿con qué se hace?

—Con panales de abeja cocidos con cabello de ángel.

Los camareros aparecieron con unos búcaros de cristal azul. Al abrir la tapa, un olorcillo a azúcar, a pasta de caramelo, embriagaba la nariz.

—Camarero, aquí hay un pelo.

—Es del cabello de ángel. Lo siento.

—Y esto ¿qué es?

—Una avispa, señol.

—Pues no eran panales de abeja...

—Se acabaron. Además estos están más ricos.

—Pues están crudos. A mí me ha picado una.

20 Langosta a la americana

A continuación, llegó el plato principal. Era una gran sopera que exhalaba un exquisito olor.

—¿Qué es?

—Langosta a la americana.

—¡Oh! ¡Qué rica!

El camarero mayor abrió la tapadera y diez o doce enormes saltamontes echaron a volar.

—¡Oh, este dichoso cocinero se ha olvidado de asar las langostas! –protestó el camarero real.

—Pero ¿es que las langostas vuelan? Yo creía que nadaban –exclamó el emperador.

—Bueno. Es que estas son langostas africanas que tienen alas. Son de la última plaga. Están frescas. Mire cómo vuelan.

El emperador mandó capturar unas cuantas y bien saladas constituyeron el plato fuerte de la noche.

—Y ¿de postre? ¿Qué hay de postre?

—Es una sorpresa, señor, pero por ahí vienen.

La puerta se abrió y diez, doce, quince, cien globitos llenaron la sala. Eran blancos y volaban alegremente sobre los comensales.

—¿Qué pasa, es hoy jueves y reparten globitos?

—No, majestad, es el postre. Son buñuelos de viento.

Los comensales se lanzaron por los exquisitos postres y toda la comida transcurrió llena de alegría.

Mientras tanto, en la sala de las porcelanas, se desarrollaba un terrible drama. El drama del haraquiri.

Garrapata, fiel a su palabra, se propuso llevar a cabo su penoso sacrificio.

—Prepara lo necesario para el haraquiri.

—Señor, vos no sois chino. Nada os exige que os clavéis al suelo como un escarabajo o una mariposa.

—La palabra es la palabra. Además, ahora somos súbditos del emperador. Hay que te-

ner honor. Además, la culpa la tienes tú. Dijiste al emperador que querías hacerte el haraquiri.

—Ya lo sé. Yo creí que se trataba de hacer arenques. Lo siento.

—No lo sientas y busca una espada.

Carafoca se levantó y descolgó de la pared una espada larguísima.

—¿Es que vas a asar una vaca, majadero? Busca otra más corta.

Carafoca se subió a una silla y, al poner los pies en el asiento, se rompieron los muelles y se hundió entre las patas.

—Eres bobo. Súbete al piano de cola, que es más alto, y alcanza la espada corta de aquella panoplia.

21 El jarrón

—¿Y por qué no la alcanzas tú, que eres más alto?

—Porque soy tu señor. El ceremonial del buen samuray exige que el escudero haga los trabajos más vulgares y serviles.

—Sin insultar; me subiré a ese piano, aunque eso no es un piano, es un biombo.

Carafoca se subió a una mesilla y de allí se encaramó al biombo, el biombo se tambaleó y Carafoca cayó de cabeza en un jarrón chino de una dinastía lejanísima.

—Pero, bueno, ¿has alcanzado la espada?

—Sí, pero me he quedado ciego.

—Es que tienes un jarrón incrustado en tu cabeza.

—Y ¿cómo veo?

—Toma este pequeño espejo y verás refle-

jado el exterior. Con un poco de práctica po-
drás desenvolverte con soltura.

—¿Y si rompo el jarrón?

—Te rompen la cabeza. Ese jarrón vale un
millón de rupias, majadero.

Carafoca se sentó en una silla y comenzó
a hacer prácticas para ver dentro del jarrón,
como si fuera un submarino. Al principio intentó, mirando a través de un espejo, coger
una mosca que volaba y lo consiguió; luego, una hormiga que subía por el biombo y
hasta logró enhebrar una aguja, merced a la
ingeniosa treta del espejo. Mientras tanto,
Garrapata daba vueltas nerviosamente por la
estancia. De pronto, se detuvo y murmuró:

—No sé cómo debo matarme.

Carafoca, con su jarrón en la cabeza, vio,
por el espejo, los apuros de su señor y dijo:

—Veo en la pared, gracias al espejo, unos
grabados con escenas del buen samuray. ¿No
hay alguna que trate del famoso haraquiri?

Garrapata observó los grabados y encontró
enseguida unos dibujos llenos de majestuo-
sidad que describían tan solemme acto. El
pirata se asomó al jarrón-caparazón de Ca-

rafoca, y susurró para que no resonase mucho.

—Primero hay que vestirse de gala con todos los atributos del samuray. Pero ¿dónde
están los vestidos?

22 El baño

CARAFOCA salió de la sala con su enorme jarrón incrustado en la cabeza y llegó hasta una habitación ropero donde se guardaban los trajes de ceremonia del emperador.

—Garrapata, ven aquí.

Garrapata se acercó y quedó maravillado. Trajes riquísimos, quimonos, calzas, calcetines, túnicas, todo de seda auténtica, pues, por todos los rincones, se veían infinidad de gusanos de seda haciendo sus amarillentos ovillos. Camisas de lino, riquísimos mantos.

También en otros armarios había una cantidad ingente de trajes de escuderos, de lacayos, de mensajeros.

—Coge lo mejor y vamos a vestirnos.

Garrapata se quitó sus gastadas vestiduras egipcias y fue a colocarse la rica camisa de Holanda.

—Y ¿no os laváis, señor? En los dibujos lo primero que venía eran las abluciones.

—Y ¿dónde me lavo?

—En el baño imperial.

El baño imperial estaba al lado del ropero imperial. Cristales, espejos, surtidores de agua templada, fría, caliente, hirviendo, helada, congelada y granizada. Garrapata hizo llenar a Carafoca la bañera redonda, llena de grifos de oro y pedrería.

—¿Fría, helada, nevada, granizada?

—Un poco de cada una y echa flores silvestres.

Carafoca echó cardos y amapolas y el agua se puso roja como la sangre.

—Mal augurio, Carafoca.

Garrapata, bien arropado en una amplia toalla, se bañó concienzudamente metiendo el dedo gordo del pie en el líquido reconfortante.

—¡Qué estupendo es estar limpio! Me ha sentado el baño de maravilla.

—¡Pues ahora vas a sentirte mejor! –exclamó Carafoca empujando a su señor dentro del baño.

—¡Que me ahogo! ¿No sabes que no sé nadar?

Garrapata, sin embargo, extendió sus manos en el líquido perfumado, pero sacando su pata de madera para que no se estropeara.

De pronto, dio un salto. Un cardo se le había clavado en el trasero. Garrapata salió rojo como un cangrejo.

23 El quimono

—¿Lo ves? Has echado cardos y con el pinchazo he dejado un rastro de sangre. Ahora no podré hacerme el haraquiri.

—No es sangre. Son las amapolas que han desteñido. Tienes que matarte, lo has prometido.

—Y tú, también. Tienes que matarte.

Carafoca se puso a llorar desconsoladamente, porque no quería morir tan joven y Garrapata le acompañó en el sentimiento.

—Te dejaré morir antes –dijo Garrapata–. Así te animaré y te secaré las lágrimas.

—Prefiero morirme después. Además lo dice el manual. Primero el señor y luego, el vasallo.

Garrapata, una vez seco, se echó polvos talco, hizo un poco de gimnasia y se vistió luego con una túnica verde, luego una blan-

ca, otra azul. Se puso unos calzones de tafe-
tán y luego, una faja de veinte metros alrededor del estómago.

—Ahora el quimono.

—¿Qué mono?

—El quimono, estúpido.

Carafoca fue por un mono que había en
una jaula y se lo puso en el hombro a Garrapata.

—¡Qué mono!

Garrapata mandó al mono a freír monas
y fue él mismo a escoger el quimono. Primero se vistió uno de color verde, que significa esperanza. Luego, uno azul.

—Esto significa que me iré volando al
cielo.

Luego, otro amarillo.

—Esto significa que siempre amé la jus-
ticia.

Luego otro rojo.

—Esto significa la sangre que voy a de-
rramar. ¡Qué pena!

Carafoca se echó a llorar y gemir y abrazó
a su señor.

—Ya no nos volveremos a ver.

—Sí, hombre. Así que me mate yo, te matas tú y nos vemos en la cúpula de esa pagoda.

—¿Y si no me mato?

—Te matarán por cobarde. El escudero debe seguir a su señor.

—Mejor sería que me quedara aquí para llevarte flores a la tumba.

—No te preocupes por las flores. Nos saldrán amapolas y margaritas gratis.

Garrapata, mientras tanto, se miró en el espejo y quedó muy complacido.

—Lo malo es la calva. Yo no he visto a ningún chino calvo. Todos llevan coleta.

24 La coleta

CARAFOCA se acercó a una de las muñecas de la madre del emperador y le arrancó la coleta. Luego se la pegó a Garrapata en la coronilla.

—Ahora esto es otra cosa. Lo malo son los ojos. Me gustaría tener los ojos rasgados como los chinos. ¡Cómo me voy a hacer el haraquiri con los ojos como una merluza! ¿Qué podríamos hacer?

Carafoca cogió las tijeras.

—Es una tontería, pero si así lo deseas, te rasgaré los ojos.

—Vete a la porra. Busca otra solución.

Carafoca fue a la chimenea, cogió un trozo de carbón y pintó a Garrapata unas líneas horizontales en sus ojos redondos de mochuelo. Garrapata se miró de nuevo en el espejo y dio un salto.

—¿Quién es ese? –gritó sacando su espada.

—Eres tú.

—¡Mentira!

—Eres tú, tonto.

—¡Es un chino!

—Los chinos no calzan un 44. Observa, ese chino tiene unos zapatos más grandes que los de Charlot.

Garrapata se miró los zapatos y se mordió los labios lleno de enojo. Luego preguntó con un hilo de voz:

—¿Cómo podría tener los pies como los chinos?

—Ponte estos zapatos.

Carafoca miró debajo de la cama del emperador y encontró seis u ocho pares de zapatos pequeñísimos.

—¿Qué número calza?

—Un treinta.

—Tráelos.

—¡Pero si tú tienes un 44!

—No importa. Échame jabón en los pies y trae el calzador.

Carafoca hizo espuma con una pastilla de jabón y enjabonó bien los pies de su señor.

Luego movió dubitativamente la cabeza y dijo:

—Los chinos se vendan los pies para reducirlos. Voy por un cordel, te lo ataré muy fuerte y luego más jabón y arreglado. Además, la pata de madera no tendrá problemas.

25 Pie chino

CARAFOCA trajo la cuerda, enjabonó los pies de su señor, cogió el calzador y empaquetó el pie de Garrapata en un zapato. La pata de madera entró fácilmente. Garrapata, se levantó retorcido por el dolor y se volvió a mirar al espejo.

—Ahora sí que soy un chino. Estoy deseando hacerme el haraquiri. ¡Ea, vamos! Cada vez me agradan más las costumbres de este gran país.

—¡Sí, vamos! –exclamó Carafoca, sintiendo que la habitación comenzaba a oler a queso Roquefort, por el sudor que desprendían los pobres pinreles de Garrapata.

Garrapata, con gran empaque y ceremonia, avanzó hacia la sala de las porcelanas. Se sentó en la alfombra y se puso a meditar profundamente. Una mosca se le posó en la calva, le dio un picotazo y como si nada.

La mosca llamó a otra mosca y la otra a otra, y nada. Carafoca se alarmó.

—¿Ya te has muerto?

—No. Estoy pensando.

—¿En qué?

—En el nirvana –contestó Garrapata.

—Y eso ¿qué es? –preguntó Carafoca.

—Es la paz o reposo total, después de llegar a una absoluta indiferencia de las cosas del mundo.

—¿Entonces ya no amas a Floripondia? –le preguntó cada vez más asombrado Carafoca.

Garrapata dio un respingo, se acordó de Floripondia y empezó a llorar. Luego se recobró y regañó a Carafoca.

—¡Pero, bueno, estaba en la paz absoluta y me has sobresaltado! Ahora ya no me suicido. ¡Pobre Floripondia!

—Tienes que suicidarte, si eres un buen samuray.

Garrapata juntó de nuevo las manos y pareció rezar. Carafoca no le quitaba ojo:

—¿A quién rezas?

—Al dulce Buda.

—¡Arrea, ahora reza a Buda! ¡Qué chaquetero! Antes al dios Jamón. Ahora al dulce Buda, ¿es que es de azúcar? No me extraña que tuvieras tantas moscas en la cabeza.

Garrapata se sacudió las moscas como el que se sacude las ideas molestas y quedó de nuevo en trance.

—Tráeme la espada corta.

Carafoca, con la carne de gallina, cogió una espada que encontró en la panoplia de espadas de sacrificio y, colocándola en una bandeja de plata, se la ofreció a Garrapata.

26 El haraquiri

Garrapata la tomó, la besó, se inclinó hacia delante, puso la empuñadura de la espada en el suelo, con el filo hacia el lado izquierdo del vientre y se lanzó hacia ella.

La espada se hincó en el abdomen y un charco de sangre empapó el suelo y la gran alfombra oriental.

Garrapata, luego, se incorporó sobre sus rodillas con los ojos en blanco y consumó su sacrificio moviendo lentamente la espada hacia la derecha en dirección descendente. Carafoca asistía a la terrible ceremonia en un rincón. Sus cabellos se le erizaron y sus manos temblaban.

—Te espero arriba –murmuró Garrapata haciendo una trágica seña a su fiel criado–. No tardes.

A Garrapata se le enturbiaron los ojos y cayó en una estancia sombría y oscura. Allá al fondo vio un túnel y al final una luz.

—¡Qué bien se está aquí! No lo sabes tú bien, Carafoca.

—Aquí se está mejor –murmuró Carafoca.

—Ven o voy a por ti.

Esas fueron las últimas palabras del admirable Garrapata. Luego cayó exánime sobre la alfombra, con la cara tranquila, como si estuviera durmiendo.

—¿Estás muerto?

Garrapata no contestó. Su semblante tranquilo, su cuerpo frío, su inmovilidad indicaban que estaba en el reino de los difuntos.

Carafoca le hizo la respiración artificial, le puso un espejo ante la nariz, por si se empañaba, le pinchó con un alfiler, le pisó el dedo gordo del pie, le quemó con la llama de la vela, pero Garrapata, nada. Estaba muerto. Carafoca sacó un certificado de defunción y lo firmó.

Sir Garrapata, de profesión marino y pirata, nacido en Burham Thorpe en 1770 d.C. y vuelto a nacer tres mil ciento veinte años antes, en tiempos de Tutankamón, en el año 1350 a.C., y vuelto a reaparecer en el reinado de nuestro buen señor el emperador Shi Hoang Ti, en el 218 a.C., sin contar otras muchas transformaciones, muere por haraquiri el día 7 de agosto del año 216 a.C. en la sala de las porcelanas del gran emperador citado.

Gloria al emperador.

Yo, Carafoca, su vasallo

Carafoca lo envolvió en ricas telas de Singapur, le puso la cabeza descansando sobre un almohadón de Damasco, le espantó las tres moscas y fue a buscar otra espada corta a la panoplia.

27 El jarrón ambulante

—AHORA me toca a mí. Estoy temblando. ¡Qué cobarde soy! Garrapata sí que ha sido valiente.

Carafoca miró hacia los dibujitos que colgaban en la pared y copió los movimientos del buen criado samuray. Se veía en uno de ellos a un valiente samurai de alto copete caído en el suelo y traspasado por su propia espada. Un charco de sangre rodeaba al guerrero.

En otra estampa aparecía su criado honrando y adornando el cadáver de su señor, con cirios y flores.

Carafoca no tenía cirios ni flores, así es que salió de la estancia y se dejó llevar por el ruido de voces y platos.

—Allí habrá flores, en el comedor.

Al llegar las voces enmudecieron. Todos se

quedaron helados al ver aparecer un jarrón boca abajo llevado por dos piernas.

—¡Una tortuga!

—¡Un extraño animal antediluviano!

—¡Un raro caracol marino!

—¿Quién sois? ¿Qué extraña ratonera es esta para asesinar al emperador?

—Soy yo.

—No es él. Matadle.

Los guardaespaldas se lanzaron sobre aquel extraño artefacto. Carafoca, molesto, movió su voluminosa cabeza de porcelana y golpeó con saña a sus atacantes.

Las acometidas ciegas de Carafoca sembraron el desconcierto en los comensales. De nada servían los golpes de las espadas de los guerreros imperiales, la porcelana bien cocida resistía todo.

—¡A las piernas! –ordenó el gran chambelán.

Los filos de la cimitarras se volvieron hacia los tentáculos de aquel extraño centollo o calamar, aquel cefalópodo del que salían dos piernas y dos brazos inquietos y saltarines.

Carafoca brincaba y su cabeza prodigiosa

sacudía una y otra vez las sillas, las paredes, las estanterías. El emperador aplaudía emocionado a aquella extraordinaria cabeza que lo golpeaba todo.

—¡Ah, si yo tuviera un jugador así en mi equipo! –exclamó.

28 El partido de fútbol

Los comensales disparaban naranjas, cuchillos, melones, jarras, platos a la cabeza del ariete. Aquel durísimo casco detenía los disparos como una pared, pero los balones eran cada vez más difíciles.

De pronto, un jugador imperial, Chukim, delantero centro del Imperial, C.F., disparó un terrible chupinazo. Era una sandía camboyana que cruzó la sala como un obús, cruzó sobre la lámpara, planeó sobre los divanes rojos y se dirigió hacia la portería de Carafoca.

Carafoca no se arredró. Bajó la cabeza, la sandía se estrelló en ella y salió de nuevo rebotada en dirección al emperador.

Estaba este pidiendo el postre, cuando llegó por correo certificado la sandía. La sandía cruzó el área de defensa, cruzó los palos y

fue a dar en la cara del portero, que no era otro que el famoso Shi Hoang Ti, el emperador de China.

—¡Goooool! –vocearon todos.

—Ha sido fuera de juego –gritó el emperador.

—Ha sido mano –gritó el bonzo Cham Chum Pum.

Pero todos callaron de repente. Un pitido acabó con las discusiones. Era el árbitro, el gran mandarín Chamuskín que, subido en la mesa, puso fin a la discusión gritando:

—Fin del partido. Ganó el jarrón por 1-0.

El emperador se levantó, avanzó hacia Carafoca y le estrechó la mano.

—Has metido gol al mejor portero de China, al gran emperador. Eres la mejor cabeza del mundo. ¿En qué equipo juegas?

—Soy del *Salmonete*.

—Te ficho de delantero.

Carafoca movió negativamente su cabezota.

—Señor. Yo no soy futbolista. Yo soy el segundo de Garrapata, vuestro fiel vasallo, que acaba de quitarse la vida con el haraquiri.

—¿Se ha consumado el sacrificio de tu señor?

—Sí –contestó con un sollozo Carafoca.

—Le haremos un buen entierro –contestó conmovido el emperador–. Pide ahora lo que quieras.

—Pido flores y cirios para mi señor.

El emperador le dio todas las flores que había por las mesas y todas las velas, y Carafoca y el jarrón desaparecieron entre las ovaciones del público, camino de los vestuarios.

29 El haraquiri de Carafoca

CARAFOCA y el jarrón cargados de flores llegaron a la sala de las porcelanas. Allí estaba el cuerpo inerte del infeliz Garrapata. A Carafoca se le puso un nudo en la garganta.

—¡Qué pena haberse matado tan joven! Y todo ¿por qué? Porque lo pide el emperador de China. Naranjas de la China. Yo no me mato.

Carafoca colocó las flores alrededor de Garrapata y encendió los cirios.

—¡Bueno, mejor es que morir en la mar, allí comido por boquerones y por ballenas!

Carafoca miró de nuevo las instrucciones del buen escudero del samuray y ya no había cáscaras. Había que matarse. Así es que se subió otra vez sobre el biombo, cogió la espada más corta que encontró en la panoplia y descendió de nuevo con ella.

—A ver con esta. Como es tan corta, a lo mejor no me mato.

Carafoca se puso de rodillas, colocó la espada entre dos almohadones con la punta hacia arriba y se lanzó hacia delante procurando que la hoja se le clavara en el abdomen.

—¡Ay, qué cosquillas! Sí, cosquillas, se ha clavado bien y echo sangre, como un borrego.

Carafoca vio cómo la sangre manchaba la alfombra.

—Luego tendrán que llevarla al tinte. Lo malo es que yo no lo veré.

Carafoca sintió que la vista se le nublaba, que se hacía de noche, que le dolía la tripa y que se moría. Cuando se quiso dar cuenta, ya no se daba cuenta de nada. Estaba muerto.

No tardaron más de dos horas los comensales en acabar su copiosa comida. Terminaron y el emperador abandonó con gran pompa el comedor de los espejos. Al pasar por la rica estancia de las porcelanas, vio a sus vasallos tendidos en el suelo.

—¡Han sido valientes! Que se forme el cortejo y se haga un buena ceremonia fúnebre.

—¿Dónde los llevamos?

—Al panteón de hombres ilustres. Ahí enfrente. Al palacio del Sueño Sempiterno.

30 Cabalgata fúnebre

LA comitiva se formó en un periquete. Dos carrozas tiradas por caballos percherones se detuvieron delante del palacio. Cada carroza llevaba diez caballos empenachados con grandes plumas. Todos eran negros y arrogantes.

Ocho bonzos cargaron con los cuerpos de los dos vasallos reales y pusieron a cada uno en una carroza.

Antes los habían colocado en una urna de cristal y los habían cubierto con un quimono de oro, pero no os lo había dicho por no hacer interminable esta historia.

Antes de ponerles los quimonos, habían retirado sus ropas empapadas en sangre, habían enrollado las alfombras teñidas también y las habían expuesto, como colgaduras, en los balcones imperiales.

Un gentío inmenso llenaba la plaza.

—¡Gloria a los valerosos vasallos que han muerto por honrar a su señor!

—Sí, pero a mí me ha hecho polvo el dichoso emperador –pensaba Carafoca–. Estoy muerto y no puedo ver nada. Ahora ¿qué hago yo?

La comitiva cruzó la plaza, entre redobles de tambores y trompetas de plata, y llegó ante la escalinata del palacio del Sueño Sempiterno.

Las puertas se abrieron y salieron los quinientos bonzos del templo, vestidos de negro y con la cara pintada de blanco.

—¡Gloria a los difuntos que duerman el sueño sempiterno!

—¡Pues yo no tengo sueño! –pensó Carafoca–, y, menos, con el frío que hace.

Los bonzos subieron a hombros a los dos vasallos del emperador y los pusieron ante el altar de los dioses nocturnos.

—Estén aquí ocho días custodiados por los

sacerdotes del dios de las Tinieblas. Si al pasar estos días no se arrepienten, serán llevados a la pira funeraria de los héroes. Esta es la fórmula y así lo proclamo –exclamó el jefe superior.

31 Marcha atrás

—Pues yo me arrepiento. Yo no quiero que ne quemen. Pero como estoy muerto, ¿quién me va a escuchar? –pensaba Carafoca.

La comitiva se fue y se quedaron solamente dieciséis bonzos de guardia, quemando incienso y rezando larguísimas oraciones.

Ocho días son muchos días y no vamos a estar esperando a que pasen. Por ello y si queréis saber qué había ocurrido antes de estos ocho días en la sala de las porcelanas, qué sucedía durante esos ocho días en el cuarto del altar del dios de las Tinieblas y qué iba a pasar después, será mejor que lo cuente antes de que se me acabe la tinta china que tengo en el tintero, que compré en una papelería de Pekín.

Iré deprisa. Daré marcha atrás y volveré a

la sala de las porcelanas en el momento supremo del haraquiri de Garrapata.

¿Qué había pasado en la sala de las porcelanas, unas horas antes? Pues no había pasado nada. Nada y mucho. Garrapata, obligado por el código de honor del samuray, pensó que tenía que morir.

—Bueno, y ¿por qué tengo que morir? –se preguntó en un famoso monólogo.

Él mismo se respondió:

—Porque eres un caballero, un samuray y, si no lo haces, te echarán barro a la cara, te escupirán al rostro, y eso a mí me da asco.

Su subconsciente seguía preguntando:

—Bueno, ¿y a ti qué te importa lo de ser un samuray? Tú eres un pirata del siglo XIX, tú eres inglés, no eres chino. ¿Por qué te vas a matar?, que se maten ellos.

Garrapata enseguida se contestaba a sí mismo:

—Sí, pero los piratas del siglo XIX tenemos nuestra honra, nuestro honor. A mí no me da lecciones un chino, por muy emperador que sea. Lucharé, irrumpiré en el comedor con mi espada y venderé cara mi vida.

—Sí, pero has dado tu palabra de hacerte

122

el haraquiri –objetaba la parte china de Garrapata.

—Y eso, ¿qué es? –le preguntaba su parte
de pirata que formaba aquella doble perso-
nalidad.

La parte china le contestaba:

—Clavarte la espada en la tripa para sal-
var tu honor, tu prestigio de samuray chino.
¡Qué honor, qué gloria morir por el emperador! ¡El propio emperador asistirá a tu entierro!

32 ¿Me mato o no me mato?

—PREFIERO ir yo al suyo, no te fastidia –decía la parte de pirata inglés del siglo XIX que había en Garrapata.

La parte china respondía:

—Tu propia amada Floripondia será glorificada en el templo de Buda. Será viuda de guerra y la vestirán de rico terciopelo negro.

—Prefiero el blanco, prefiero casarme con ella y que nos echen arroz de boda, en vez de crisantemos de entierro. ¡Ea, yo no me mato!

Todo esto lo pensaba Garrapata, mientras recibía de Carafoca la espada corta del haraquiri. El orgulloso Garrapata no quiso hacer partícipe de su angustia a Carafoca, para no hacerle sufrir. Además sabía que, si le comunicaba las dudas que le asaltaban sobre matarse o no, Carafoca le impediría hacerlo.

Garrapata, pues, cogió el arma y ordenó a Carafoca que se tapara los ojos. Carafoca, claro, se tapó los ojos con las manos, pero se dejó un resquicio para mirar.

Otra vez a Garrapata le entraron los escrúpulos.

—¿Me mato? ¿No me mato?

Garrapata no lo pensó más. Cogió de un florero una margarita y comenzó a deshojarla.

—Sí me mato, no me mato, sí me mato, no me mato, sí, no, sí, no, sí, no...

Le quedaba una, la hoja del sí y Garrapata dudó. Podría guardarse la hoja en el bolsillo, podría hacer trampa, pero no pudo. Su orgullo se lo impidió. Así es que gritó con arrojo:

—¡Sí!

Tenía Garrapata, en el bolsillo, un bote de tomate, que llevaba para estos casos. Lo colocó con disimulo bajo el quimono y se lanzó contra la aguda punta de la espada. El suelo

se tiñó de rojo. Lo demás ya lo he contado.

Garrapata dio un grito y la sangre llenó la alfombra y salpicó la pared. Era tomate triturado rojo y espeso que, al derramarse, puso los pelos de punta a Carafoca.

33 Nueva versión del haraquiri

GARRAPATA se incorporó sobre sus rodillas y giró lentamente la espada que estaba clavada en el bote como un abrelatas.

—Te espero arriba –murmuró el pirata casi muerto de risa.

Luego, giró como un peón, agarró una cortina cercana, se tambaleó, hizo otro poquito de teatro y, ¡cataplum!, cayó al suelo y estiró la pata.

—¡Que le den la oreja! –iba a decir Carafoca, pero se calló, por respeto al momento.

Carafoca se acercó y le preguntó (eso ya lo sabéis):

—¿Estás muerto?

Garrapata iba a decir que sí, pero luego pensó que iba a meter la pata y se calló. Luego vino lo del espejo en la nariz, lo de la vela, lo del pinchazo del alfiler.

—¡Este bobo me va a resucitar!

Carafoca extendió el certificado de defunción y colocó a Garrapata bien envuelto en tela de guipur, se lavó las manos y dijo:

—¡Ahora me toca a mí!

Fue entonces cuando marchó a buscar flores y cirios para Garrapata y se encontró con los reales comensales, que le acogieron con saña y se cebaron en su cabeza de porcelana.

De aquel partido de fútbol, Carafoca sacó dos saleros, una vinagrera y dos paquetes de pimentón, una sandía de tres kilos, flores y candiles. Dejó los trofeos a los pies de Garrapata, alzó la vista y vio los dibujitos de la pared, que le hacían señas:

—Ahora te toca a ti, cobarde; ahora te toca a ti. Debes hacerte el haraquiri.

Carafoca se rebeló contra esa idea.

—Si Garrapata se ha matado, allá él, que no se hubiera matado. ¡Con lo hermoso que es vivir!

34 La sandía

Fue entonces precisamente cuando, para probar si todo había sido un truco, pinchó a Garrapata y le dio una patada y le quemó un dedo con una vela. Garrapata estuvo a punto de dar un grito y tirar la toalla. Pero no se movió.

—¡Nada, está fiambre! –murmuró Carafoca.

Carafoca cogió, ¿os acordáis?, otra espada de la pared, la afiló contra el mármol de la mesa y sujetó la empuñadura entre las junturas de dos tablas de las que cubrían el suelo. Luego, echó el pimentón en el agua del jarrón, le dio vueltas y tiró el líquido rojizo por el suelo.

—¡Es magnífico! ¡Parece sangre!

Después cogió la sandía, se la ató en el estómago, hizo una reverencia y dijo:

—Garrapata, voy para allá.

Y se lanzó sobre la espada. La espada se clavó en la sandía y un borbotón de líquido dulce y rojizo se extendió por el suelo.

—Debe de estar bien madura, pero no puedo comérmela, oigo pasos –pensó Carafoca–. Me haré el muerto, si es que no lo estoy de verdad.

Los pasos eran del emperador y su corte.

Eso ya lo he contado.

El emperador vio el cuadro horroroso de los dos samuráis agujereados y lloró diez minutos sobre sus cuerpos.

—¡Parece que llueve! –murmuró Carafoca–. Como siga llorando, voy a coger un resfriado. Además, se ha puesto de rodillas sobre el dedo gordo de mi pie. No puedo aguantar más.

Al fin, el emperador se levantó, ordenó que se formara el cortejo con gran pompa de carros, trompetas, gongs y chirimías. La comitiva salió del palacio y fue hacia el templo, como todos sabéis.

35 Ocho días de infarto

Hubo un enorme peligro de que todo se estropeara al llegar del entierro a las puertas del templo. Allí un abejorro se posó en la nariz de Carafoca. Otro momento terrible fue cuando a un bonzo se le partió una vela y la cera fue cayendo sobre un ojo del infeliz Carafoca.

No quiero contaros los ocho días horribles que pasaron Garrapata y Carafoca en la cámara del Augusto Silencio, quietecitos, sin mover una pestaña.

Allí no se podía estar vivo. Era imposible. Lo mejor era estar muerto. Las pulgas, las hormigas, el hambre, los ronquidos de los bonzos, un gato siamés, la peste de las antorchas, el olor de las flores, el calor, los zapatos estrechos de Garrapata, el aburrimiento, etcétera, etcétera hacían imposible estar más de diez minutos en la misma postura.

Lo peor eran las moscas que acudían a la dichosa sandía de Carafoca. El olor dulzón que desprendía la fruta abierta parecía que había llamado a todas las moscas de China y allí estaban sobre la cabeza, los pies, las narices y las manos de Carafoca, de Garrapata y de los bonzos.

Los bonzos miraban, como idiotizados, sin saber si es que lo soñaban.

—¿Habéis visto? –preguntó el bonzo mayor, aterrado. Se han movido.

Nadie contestó. La única vela parpadeante que había en el recinto se apagó y todo quedó en la oscuridad y en el silencio.

Esperad a ver si traen una vela. Un minuto, dos. Una hora. No la traen. Mejor será esperar al siguiente libro *El pirata Garrapata en la Ciudad Prohibida de Pekín casi pierde el peluquín*. Total, es un momentín.

FIN CHI CHI RIN CHIN

ÍNDICE

Si te ha gustado este libro, también te gustarán:

El Pirata Garrapata, de Juan Muñoz Martín
El Barco de Vapor (Serie Naranja / El Pirata Garrapata), núm. 1

El Pirata Garrapata en la India, de Juan Muñoz Martín
El Barco de Vapor (Serie Naranja / El Pirata Garrapata), núm. 2

El pirata Garrapata en África, de Juan Muñoz Martín
El Barco de Vapor (Serie Naranja / El Pirata Garrapata), núm. 3

El pirata Garrapata en tierras de Cleopatra, de Juan
Muñoz Martín
El Barco de Vapor (Serie Naranja / El Pirata Garrapata), núm. 4

El Pirata Garrapata llega a pie al templo de Abu Simbel,
de Juan Muñoz Martín
El Barco de Vapor (Serie Naranja / El Pirata Garrapata), núm. 5

El Pirata Garrapata es faraón en tiempos de Tutankamón,
de Juan Muñoz Martín
El Barco de Vapor (Serie Naranja / El Pirata Garrapata), núm. 6

El Pirata Garrapata en China, de Juan Muñoz Martín
El Barco de Vapor (Serie Naranja / El Pirata Garrapata), núm. 7

*El pirata Garrapata en la Ciudad Prohibida de Pekín casi
pierde el peluquín,* de Juan Muñoz Martín
El Barco de Vapor (Serie Naranja / El Pirata Garrapata), núm. 9

EL BARCO DE VAPOR

SERIE NARANJA (a partir de 9 años)